KB061726

제7회 김만중문학상
시 부문 수상작품집

— 제7회 —

김만중
문학상

시 부문 수상작품집

책과나무

제7회
김만중문학상 시 부문
금상 수상작

막사발 속 섬에 사는 이에게

− 外 6편 −

이 병 철 지음

|시부문|

금 상

이병철

| 차례 |

막사발 속 섬에 사는 이에게

막사발에 달 떴다 노릇노릇한 달이 무인도처럼 탁주
위에 혼곤하다 술잔에 달빛 섬 띄워 놓고 자암*의
외로움도 꽃 지듯 붉었겠다 쌀독에 얄팍하게 쌓인
쌀을 불려 술 담근 게 지난여름 일이다 누룩이 별을
흉내 내며 허연 쌀물 위에 어리비치더니 귀뚜리 울음
먹고 달짝지근한 빛으로 찰랑였다 술맛에 마음이 좋아
부엌을 함부로 구르던 개다리소반 절름발에 못을
박았다 반짇고리를 얻어 와 구멍 난 속곳들을 기웠다
탁주 한 사발에 고인 소낙비와 우레와 폭설이 대견하여
눈시울이 젖었다 다 지나간 일이다

얄궂은 두견새 밤 새워 노래하는 부리 끝에 어스름이
물려 있다 뒤란 대숲을 흔드는 바람 무성해지니 잠
설친 고양이가 마당을 어슬렁거린다 고양이는 수염을
반짝이다가 막사발 내려놓는 소리에 놀라 지붕 위로
오른다 그 기척에 두견새 날아가 버린다 내 마음에도

텅 빈 마당이 있어 작은 발소리에도 반가움이
소스라치는 것일까 막사발 속 달빛 섬에 유배된 이가
누구인지 짐짓 궁금하다

술잔 속에서 나를 보는 눈빛이여 막사발에 놋수저
부딪는 소리 쨍쨍 울리면 뒤란에 진 작약으로 화전을
구워 오시게 지상에서 가장 외로운 노을도 같이 이끌고
오시게나 나도 한껏 취하여 젖은 마음을 내어 말리고픈
것이리라 맑은 취기로 헹궈진 머릿속에 홍매화가
피어도 꽃술 죽어 벌 나비 부를 수 없는 내 처지를 읽어
주오 그대가 띄워 보낸 웃음 휘휘 저어 단숨에 술잔을
비우고 보니 그대는 없구나 탁주의 출렁임 따라왔다가
가시는 이 누구인가

* 자암 : 김구(自庵 金絿, 1488~1534)

대숲에 개를 묻다

풀섶을 맹랑하게 뒹굴던 개가 몸짓을 멈췄다
개밥바라기별이 부서져 내린 아침 풀밭 위에서
반짝이는 이슬을 옆구리에 총총히 박은 채 세상에
났던 모양 그대로 옹그리고 있다

능청스런 작약이 잇몸 드러내며 웃는 뒤란에 산비둘기
날아와 앉고 샛노란 씀바귀 꽃이 죽은 개 옆에서
천진난만하게 피어 있고 컹컹거리던 개 소리를 닮은 내
마른기침 속에 취나물 냄새 스멀거리고 날랜 돌돔을
쫓던 낚싯대 끝에서 모시나비가 하늘을 펼쳐 읽고 그
책장에 밑줄을 긋는 무당거미의 춤이 느긋하고 풍경을
잔뜩 집어먹은 개의 까만 눈 위로 욕심 많은 햇살이
혀를 날름거리고

꽃 진 자리에 마지막으로 길게 뽑은 울음이 내 귀에
자줏빛 멍을 들인 모양이다 개 짖는 소리가 이명이

되어 머릿속을 덥석덥석 베어 물고 있다 바람을 향해
알몸을 던지는 개의 아름다움까지 나는 닮을 수 없을
것이다 개와 함께 푸른 갯벌을 달리던 계절 또한
느닷없이 저물 것이다 아무도 개에 대해서 말하지 않을
것이다

지게에다 개를 올리고 대숲에 든다 개발처럼 뾰죽한
죽순이 바짓가랑이를 간질인다 한 삽 흙 속에
쇠똥구리와 엉겅퀴와 허리 끊어진 댓잎 그림자가 있다
땀방울 굴러 떨어지니 개가 흘리는 침이 마음속에
뚝뚝 떨어진다 축축한 것이 땅 말고 또 있다는 것을
이제 알겠다

쇠가죽 북을 두들기며

작달비가 뒤란 술항아리를 암만 두들겨도 쇠가죽 북
소리만 하랴 내 속 두들기는 소리는 내가 잘 안다 익다
못해 시퍼렇게 곪아 푸르죽죽한 소리가 창호지문을
빠져나가 마당 감나무에 땡감으로 매달린 걸 봐라
쇠가죽 북 두들기는 솜씨로 치자면 빗발도 우레도
딱따구리도 내 상대가 아니다 덧없는 책들이 내 속을
파먹어 큼지막한 울림통을 만들어 놓으면 나는 염치도
없이 쇠가죽 북을 후려 패는 것이다

둥둥둥 내가 심은 감나무는 너무 많은 열매를 맺었어
둥둥둥 마당에 놀러 오는 고양이에게 쓸데없이
곰살맞았어 둥둥둥 책을 읽느라 저녁이 오는 소리도
듣지 못했어 둥둥둥 사랑하는 것들은 모두 멀리 있고
옆구리가 예쁜 아낙과의 약속은 아궁이 그을음에
얼룩져 버렸어 쇠가죽 북 힘껏 두들기면 내 속에 환한
눈망울 켜든 황소 한 마리가 질긴 후회들을

되새김질한다 함부로 버려진 내 마음 이랑을 갈아엎는
황소 등짝에 채찍 내리치는 소리 둥둥둥 낭패로다
쇠가죽 북이 찢어지다니!

소리란 놈, 가죽 안에 갇혀서는 멀리까지 낭창낭창
뻗어 가더니 저를 가두던 장막이 사라지자 도리어
고꾸라지는 꼬락서니가 내 그리움을 닮았다 내 속
두들기는 소리도 잠잠해지는 밤, 작달비만 하염없이
벙어리 가슴 감춘 지붕을 때리고 있다

솔개의 꿩 사냥

꿩이 묵죽을 치며 날자 빈 옥판선지에 대나무꽃이
활짝 폈다 보름 전, 노도 해안 절벽 태생의 솔개가
묵정밭에서 꿩을 잡던 순간이다 설한이 곤궁하여 제
목숨 깎아 만든 벼랑 둥지를 잠시 떠나온 것이었다
굶주림이 몸속에 펄펄 끓는 부뚜막 방을 내었는지
헐떡거리는 날갯죽지에서 모락모락 김이 올랐다 여간
기민한 싸움꾼이 아니었다 발길질로 상대가 딛고
선 허공을 무너트리더니 제 날개의 흙먼지를 털어
적의 눈을 버리는 솜씨란! 새하얀 묵정밭이 화농하는
능소화로 지천이었다

어제 아침에도 솔개가 왔었다 장끼 깃털이 화르르
흩어지면서 붉은 꽃들이 눈밭 위에 만개하는 형세였다
그러나 꿩도 솔개의 가슴팍에 묵직한 발길질을 먹일 수
있다는 것을 솔개도 나도 알지 못했다 얼떨떨한 꿩이
푸드덕 날아 도망쳤다 꽁지부터 얼어붙기 시작하는

솔개를 주워 털 뽑고 배 갈라 가마솥에 끓였다
수평선을 넘는 노을 속에서 아비 잃은 솔개 새끼가
아직 축축한 날개를 펼 때, 내 몸속 계면쩍은 온기와
몸 밖 맑은 한기가 한 치 물러섬 없이 맞부딪었다

삿갓섬* 갯바위에 앉아서

삿갓섬 갯바위에 앉아서 바다가 펼친 책을 읽습니다
앵강만 감생이 우럭 방어들은 붓끝이 부드러운
지느러미를 지녔습니다 물고기들은 물속 바위틈에
아가미를 감추고 외봉 채비를 희롱하며 싱싱한
문자들만 물려 보냅니다 活魚보다 더 거칠게 펄떡이는
活語들이 내 몸에서 비 새는 소리와 가을빛 저무는
문체를 읽어 나갑니다 바다를 오래 읽어 서책 빛깔로
몸이 물든 쌍포돛배가 벽련포구에 펼쳐진 서가에다
파도를 꽂아 놓고 갑니다 지금 파도를 읽는다면 내
옆구리에도 은빛 비늘이 무성히 돋아날 것입니다
물살 책장을 넘기니 파도 낱알 속에 옹그린 글자들이
햇빛의 젖꼭지를 빨고 있는 게 보입니다 누군가 이
갯바위 위에서 그가 가진 문장들을 바다에 다 털어
버린 모양입니다 갈매기들도 글 한 편씩 입에 물고
조각구름에다 필사를 하고 있으니 말입니다 내 귓속을
파고드는 갈매기 울음이 석봉체를 흉내 내고 있습니다

해거름이 갯바위에 침을 발라 불그스름한
갱지를 넘깁니다 대나무 소쿠리는 텅 비어 오늘
저녁 개다리소반에도 막된장과 보리죽이 오르겠지만
바다의 서책에서 건져 온 活語들을 통째로 삼켰으니
푸르디푸른 포만감이 내 붓에서 꼬리지느러미로
돋아날 것입니다

* 삿갓섬: 서포가 유배된 노도(櫓島)의 다른 이름

파도 옥사의 하룻밤

노을을 훔친 내 눈이 적삼을 입는다
먼 마을에서 흔들리는 호롱 불빛이
내 눈동자에 묵죽을 친다

삿갓섬 갯바위는 파도로 축대를 쌓은 옥사
물길 따라 패랭이꽃 피워 내던 물고기 떼와
절벽 그림자 갉아먹던 갈매기 울음
그 수런거림은 전부 파도 너머에 있다
혼자된 사람은 누구나 악기이고 노래다

내 생애만큼 두터운 물안개 너머
쌍포돛배 발끝에 맺힌 높은음자리표와
불협화음처럼 튀어 오르는 날치들을 본다
물굽이 아래서 어린 조개들이 부는 새납 소리
휘모리로 들썩거리는 달빛 소리 들린다
어둠은 나를 옥에 가두지 못했다

나는 낯선 문자 같은 풍경과 소리들을 모아
반딧불이 불빛으로 물위에 상소를 쓴다

모든 기다림은 물보다 가볍다
붓끝이 춤을 추듯 마지막 문장을 적어 낼 때
팽팽한 문단 끝에서 감생이 한 마리가
먼동을 물고 옥사로 헤엄쳐 온다
감생이 지느러미에 묻은 패랭이꽃 향기
이 새벽은 자암(自庵)처럼 겸손하다

노인성老人星* 빛나는 밤에

별이 작년 춘분 것보다 광도가 덜하니 내 수명도 다해
가는 모양이다 남해 노도에 와서는 즐거움과 괴로움이
한 핏줄이다 사기막 같은 밤하늘이 구워 낸 막사발에
희뿌연 달빛이 출렁인다 지붕 위에서 잠든 고양이의
꿈과 내 덧없는 그리움이 탁주에 헹궈질 땐 동백숲을
돌아나가는 바람도 어금니가 시릴 것이다 여기 사는
동안 마음 붉어지는 일들 많았으나 이제는 불그스름한
꽃물 빠질 무렵이다

눈썹에 쌓인 눈은 녹을 줄 모르고 뒤란에는 모란
작약 피고 지고 매화도 피고 진다 마당에서 바다를
떠받던 동백신전이 쇠락하는 속도만큼 땅속에 묻은
고들빼기도 푹푹 익어 간다 우물물 긷는 아침마다
내 남은 힘이 쌀독의 보리쌀만큼도 되지 않음을
알겠다 갯바위에서 감생이나 건져 올리다가 태양빛에
다비(茶毘) 치른 바닷물처럼 굵은 소금으로 풍화된다면

20

나도 좋고 섬도 좋을 것이다

다만 내 몸속에 소금쩍 서걱거리는 애틋함으로 남해의
푸릇푸릇한 뺨을 실컷 어루만지다 갈 수 있게 해다오
외로운 짐승의 뼈처럼 바다에 널브러진 마안도와
조도와 목과도를, 아름다운 여인의 손톱을 닮은
호도와 애도와 사도를, 새벽마다 환한 빛으로 와서
내 눈을 씻는 벽련포구와 가천 다랭이마을을, 해와
달 구워 내는 금산을, 젊은 어머니 귀밑머리처럼
맹렬한 미조리 멸치 떼를, 깨이지 않는 꽃잠에 적신
해바리마을 유자를

동백보다 붉고 서러운 자암이여 푸르디푸른 물살에
굳은살로 새겨진 화전별곡이여 노량리 풍랑 바다를
직립으로 걸어오는 충무공이여 위태로운 촛불이
햇살로 글썽이는 관음포여 모든 유약한 생의 빈틈을

위로하는 이락사여 충렬사여 시간과 시간은 지금도
서로 몸을 섞고 있고 나는 앵강바다 물비늘이 내 이마
주름에서 잔치를 벌이는 노도에 세 해째 살고 있다

바다가 펼친 나비 날개가 하늘을 몇 번 더 접었다
펴고 나면 나는 꽃의 근심들과 따뜻한 안개의 젖망울
품에 안고 다시 한 번 머나먼 유배를 떠나리라 소금기
조랑조랑한 이슬로 뭉친 주먹밥 몇 덩이와 바람실 엮어
만든 신발 두어 켤레 봇짐에 넣고 처음 왔던 걸음보다
더 가벼이 만 개의 계단을 밟아 올라가리라

* 노인성(老人星): '남극노인성(南極老人星)'이라고도 하며
  옛사람들에겐 인간의 수명을 관장하는 별로 알려짐

제7회
김만중문학상 시 부문
은상 수상작

물방울의 발설

- 外 6편 -

강 태 승 지음

| 시 부문 |

은 상

―

―

강 태 승

| 차례 |

물방울의 발설

백겁 천겁 돌아온 물방울이 나뭇잎에 쉬고 있다
뒷동산 한 바퀴 돌고 온 것처럼 달려 있다
할머니가 사랑방 뜨락을 헛일 삼아 다녀오듯이
억겁의 억겁 걸어온 물방울
죽은 고라니의 눈썹 적시던 물방울이
아이의 눈망울로 바라보다가
볍씨 눈뜨듯이 안녕? 병아리 몸짓으로 안녕?
육지를 밀고 강물 기름지게 하던 이력履歷이
증명서도 없이 안녕? 한다
선과 악 음지와 양지였던 시절을
발설發說치 않고 지나가는 시간처럼 안녕?
살인자 피 예수 부처
다시 말해 공자 맹자 노자 장자의 땀방울
마리아 이순신 테레사 수녀의 눈물이었던 것이
거꾸로 매달린 채 안녕?
잎새 차별하지 않고

마련한 살림살이에 새소리 물소리 깃들다

바람이 발목 담그니 툭 떨어지는

간결하지만 깨끗한 저항

솔잎은 한 방울 꾀려 이내 빛에 슬쩍 얹은 웃음

오장五臟이 환하게 들여다보이지만

울타리 없어 찾을 수 없는 문門

그 문 열고 햇빛이 들었어도 무게가 늘지 않고

천 개 달이 떠도 소란스럽지 않는 물방울이

천겁 만겁 여행을 했어도 햇순처럼 안녕?

다시 가야 할 억겁의 속으로

주춤거리거나 망설임 없이 무너지면서

내 눈과 찰나로 마주치자 안녕? 한다.

입속의 입 입속의 혀

입속에는 밑이 빠진 우물이 도사리고 있다
배가 침몰해도 상처 하나 없이 푸르른 바다
고래 문어 조개가 우글거려도 웃는 바다보다
깊은 입속을 독차지 하고 있는 혀,

혀 때문에 바다는 더 깊어지고 있다는
입 때문에 혀가 우거져 있다는 소문은
입속에 들어가면 혀의 길목마다 붙어 있고
혀 속에 들어가면 입의 담벼락마다 발견된다

입속에 혀가 있느냐 혀가 있어
입속의 하늘에 구름 끼고 별이 뜨고
소나기 우르르 달려가는지 궁금한 경우에
혀를 입 밖으로 쏙 내밀면 공통분모가 보인다

별 밖의 별이 뜨는 곳을 덮고 있는 혀가

어떻게 입 밖으로 나오는지
입 밖으로 나와도 모양이 변하지 않은 채
입속을 가득 채우는 혀를 들춰 보면,

개구리 가재 뱀이 인사를 한다
하이에나 늑대 호랑이의 발자국이 덤벼들고
전나무 잣나무 우거진 길을 지나면
진달래 개나리 그림자가 발목을 파고든다

다만 입술 꾹 다물고 있으면 수평선이
혓바닥 가운데로 눈금을 맞추다가 정지한다
몇 개의 은하가 숨겨져 있지만
한 입의 어금니에 물리는 어둠,

입속에 비가 내리는 날엔 바깥에 눈이 쌓이고
눈보라가 이빨 사이로 불면 빗방울은

창문을 적시거나 핏자국을 지우는 시간,
시방 입속에는 시퍼런 칼이 외출 중이다.

구제역口蹄驛

그 해 많은 친구들이 구제역에 머물고 있었다
살다 보니 자신도 모르는 역에 있었다
구제驛이 구제疫으로 읽히는 것은 금세
출구는 거꾸로 연결되었기에
역에서 내린 친구들은
곧장 캄캄한 이빨에 물리고 말았다
길은 좁고 좁아 서로 밟고 할퀴고
물어뜯어야 도착하는지 열흘이나 울음이 들렸다

흙으로 목숨을 가리는 것은 평장平葬의 도용
그해 구제역이 처음 생겼다
눈은 속절없이 쌓이고 바람은 가운데로 불고
아무도 달지 않은 누구도 원하지 않은
구제역 간판을 떼어 내려고 분주했다
철로도 없이 생긴 역은 으레 비어 있었다
기차가 도착 할 수 없는 구제불능 역으로

검불덩이에 굴러다니는 마른 비명이,

복수초에 맺히기도 하지만
봄이 밀어닥칠수록 그 역은 지워졌다
친구들의 울음이 진달래 개나리로 피어날수록
역으로 가는 길은 잡초가 무성해졌고
가랑비가 기억을 아예 씻어 낸 웅덩이엔
수상하게 깔린 푸른 하늘로
해와 달 그리고 별은 늘 가운데로 떠올라,
여름은 쉽사리 소나기를 몰고 다녔다

친구들의 목숨이 식은 값으로 배달되자
개망초들이 외양간의 주인이 되는 것은
한 해가 다아 가기도 전이었다
간간이 개구리를 잡으러 왔다가
덤으로 쥐를 삼킨 뱀들이 부른 배를 들켰지만

벌건 비명이 저승에 도착하지 못하고

개울로 넘친다는 소식은

가을보다 늦게까지 신문에 붉게 남았다.

불 속에서 사는 것들에 대한 보고서

일 년 십 년 백 년 불火 꺼진 철강鐵鋼
불을 넣기만 하면 금세 우글거렸다
천겁만겁의 철광석도 불 넣기만 하면
불새 불뱀 불사자 불토끼 하얗게 웃다
화장장火葬場에서 불 먹고 불이 된 사내
불을 맘대로 사냥할 수 있겠다
집과 직장만 팽팽하게 다니던 그의
노선路線이 로선路線으로 변경되고
잡초 자라고 벌레들이 잽싸게
침입하는 것으로 제일 먼저 삭제된 이름
아버지가 재災로 식는 것을
이해하지 못하는 속도로 닥친 봄빛이
논두렁 밭두렁 마구 넘어 다니는 사이
불 끄자 철근으로 바뀐 이름들
때려도 도망치지 못하는 불무리
해고는 마지막까지 해제되지 않았다

오히려 불덩이들은 급류에 방생되었고

불 꺼진 것들은 쇳덩어리로 야적野積되었다

저승 먹은 단풍나무 갈참나무 옻나무

더 많은 불꽃이 가자마다 피우지만

야적된 불덩이들은 빨갛게 녹슬었다

냉이 꽃이 그것들의 틈새로 자라나

바람결에 까르르 웃으면 새빨개지는 철근,

고철로 다시 팔리거나

호미 되어 헛간에 거꾸로 걸린 불덩이

숯불에 얹으니 다시 꿈꾸는지 벌겋게 웃는다.

골절骨折

자동차에 팔다리 부러지자 나뭇가지마다 마른 꽃이
눈처럼 날렸고 잎사귀는 짐승의 길목에 쌓였다
슬픔은 통증에 꺾였는지 길은 굴절되지 않고
거울에 선명하게 인화되어 가끔 한두 송이

이화梨花 꽃이 가을 문지방에 날아들어 왔다
갈라진 데를 들여다보니 바다로 가는 길이
겨울에 당도한 후박나무 밑으로 나 있어
푸른 반성이 발바닥에서부터 늘 번지는 것에

낡아가는 어처구니 소금기 희게 달라붙었다
우물엔 달이 떴다 해와 마주치는 나날이 잦아져
무거운 양 자꾸 휘어지는 환상통幻想痛에
더듬거리는 것은 단단해지는 연습이거나 선물,

앞이 보이지 않을 땐 서툴게 서성거리는

사석死石에 뱀이 숨으려다 개구리만 물었다
나방은 나뭇가지에 앉았다가 발바닥 빼앗겼다
비에 적시면 단절된 우듬지에 뜬 세월,

마주 보기 좋은 후유증으로 마중 나온다
엎질러진 목숨 마구 담다 보니 버려진 등짝이
나를 업고 개울을 건너가고 있다 스무 살 이후의
겨울은 꿈처럼 무너졌다 무너져야 폭설이 내렸다.

0의 변명

난 직선보다 곧고 칼보다 뜨겁다
번개보다 단호하고 낭떠러지보다 난폭하다
나에게 뛰어들어야 하는 족보는
목숨만이 아니라 없는 것도 피할 수 없다
그림자는 햇빛에 의지하여 나고
햇빛은 그림자에 구분되지만
나는 스스로 의지하거나 구분될 게 없다
나는 삶의 희망이기도 하여
나는 나에게 여분을 허락하지 않는다

바람결에 채이어 거품처럼 꺼지면
허리띠 풀린 강가로 꽃 피듯이 오라
여름 비 다녀가면 부풀어 오르는
논둑 밭둑처럼 오라
네 아내 네 살점에도 근저당을 해두었다
말소하면 폐쇄등기부기에 이름만 낡아 가는

장부를 믿지 마라

한 점 한 톨 가져올 수 없어

너는 덜거덕거리는 뼈로 반항하겠지만

나는 구부리거나 휘어지지 않는다

오히려 내 바람대로 너는 강을 저을 것이다

시간이 풀어지는 것은 내 뜻이 아니고

0이 네게 가는 것도 아니라

직선보다 더 곧게 내게 오는 너희다

0은 직선보다 곧지만

그러나 그것보다 차갑지는 않다고

단풍에 적혀 있는 것 읽었는가

난 용암보다 이빨이 견고하지만

모든 소음騷音을 평화롭게 한다

잎새 끝에 달린 이슬은 그래서 늘 맑다.

수면계좌

앰배서더호텔 은행나무에 노숙자 누웠다
뼛속까지 축축한 슬픔을 말리고 있다
사람 사이에서는 마르지 않는 것
사람에게선 마르지 않는 곳을 말리는 햇빛,

도끼날에 저항하다 나무가 쓰러지듯이
총 맞고 풀썩 꺼진 짐승처럼
길에 음각陰刻 된 남자를
햇빛이 빈틈을 비집고 일일이 닦는다

바람이 내력來歷을 읽고 있다
오랫동안 씻지 않아 쿰쿰한 냄새 나지만
나뭇잎을 핥듯 보석 비추듯이
함부로 찢겨진 가지를 일일이 들춘다

슬픔 다 가져가고 기쁨만 남았을 때

화롯불 불씨처럼 눈을 뜰 것이고
재災를 털고 씩씩하게 직립할 것인데
수면계좌 남았는지 서두르지 않는 그를,

햇빛은 나무라거나 깨우지 않는다
까맣게 그을린 손톱 발톱까지
차별하지 않고 데우는 것이 감사한지
은행나무는 계좌가 마르지 않게 한다.

당선 소감

심사평

| 차례 |

이병철

저도 어쩌면 유배인인지도 모르겠습니다

스무 살 '시론' 수업에서, 제 언어로는 '정신의 벼락'
이라고 표현하는 큰 충격과 감동을 받고는 시 쓰기에
젊음을 바치기로 다짐했습니다. 13년 전 그 꿈을 꾸었
던 강의실에서 학생들에게 시의 아름다움에 대해 이야
기하던 중 낯선 전화를 받았습니다. 봄볕처럼 환한 소
식이 당도해 있었습니다. 어떤 상인들 귀하지 않겠냐
마는, 지금껏 시를 쓰면서 제가 받은 가장 눈부신 호명
인지라 얼떨떨했습니다. 여러 감사한 이름과 얼굴들이
떠오르기 전에 모든 애틋한 마음은 먼저 김만중 선생께
로 향했습니다.

서포 선생의 유배 생활, 그 사소하고 내밀한 일상을 상상하며 시를 썼습니다. 외로움을 이기기 위해 탁주도 빚어 마셨을 것이고, 대나무 낚시를 들고 바다에도 나갔을 것이며, 이웃에서 개를 얻어 와 키우고, 때로는 북을 치며 노래를 부르기도 했을 것입니다. 짐승처럼 울다가도 광대처럼 웃고, 먼 곳을 오래 바라보다가도 구멍 난 버선으로 금방 눈을 옮기고, 혼자 고뿔로 끙끙 앓다가도 어느새 털고 일어나 냉수마찰을 하며 몸과 정신을 깨우기도 했을 것입니다. 유배의 일상에 깃든 외로움과 고독은 시공을 초월하는 것이어서 어렴풋이나마 공감할 수 있었습니다. 저도 어쩌면 유배인인지도 모르겠습니다.

　30만 원짜리 반지하 월세방에서 산 지 5년이 넘었습니다. 이곳에서 혼자 살며 많은 시와 평론, 논문을 썼습니다. 글만큼 많은 술로 밤을 지났고, 기쁨보다는 절망과 슬픔이 더 많은 날들이었습니다. 요즘 세상에서 시를 쓴다는 것 자체가 반역이고 모반이 아닐까요. 아무짝에도 쓸모없는 일을 한다는 누명은 참 억울하기까지 합니다. 세상의 냉대와 외면, 왜곡과 오해에 떠밀려 마음의 거처 역시 눅눅한 반지하에 머무는 날이 많았습니다. 그럴 때마다 서포 선생을 떠올리며 용기와 힘을

얼었습니다. 이 상은 아득한 시간 너머에서부터 선생
께서 주시는 격려라고 생각합니다.

　남해군과 남해유배문학관 관계자 분들께 감사드립니
다. 부족한 글에 따뜻한 눈길 베풀어 주신 심사위원 선
생님들께도 진심으로 머리 숙여 감사드립니다. 여러
은사들을 만난 것이 제 생의 가장 큰 축복인데, 삶과
문학을 가르쳐 주신 여러 은사님들께 큰절 올립니다.
귀양 간 자식마냥 글 쓰는 아들 걱정하던 부모님께 꽃
다발을 바칩니다. 남해 푸른 물빛처럼 서늘하고 깊은
시를 쓰겠습니다. 오늘이 아닌 내일의 과녁을 향해 날
아가는 화살이 되겠습니다.

강태승

누에처럼

누에가 단지 뽕잎만 먹더라도 비단을 만들 줄 어떻게 알았을까.

많은 선비들이 남해에 유배 와서 그런 누에처럼 살지 않았을까 생각해 봅니다.

이곳에 살면서 현실을 체험하고 나중엔 자신도 모르게 비단을 짰을 거라 생각하며 소매를 고쳐 매 봅니다.

심사위원님들과 수고해 주신 분들께 감사의 말씀 올립니다.

제7회 김만중문학상
시 부문 심사평

대상의 이면을
바라보는 섬세한 시선

2016년 6월 1일부터 한 달간 공모한 제7회 김만중문학상 시 부문에는 모두 268분이 시와 시조를 포함하여 2,390편을 응모하였다. 응모한 작품들 중 서포의 유배생활을 제재로 삼은 작품들, 바다를 시적 공간으로 삼은 작품들이 많았고 세월호를 거론한 작품들도 적지 않았다. '김만중문학상'이라는 문학상의 이름을 고려한 때문이고, 시대의 아픔을 절실하게 받아들이는 시인들의 어진 마음 때문이라고 생각되었다.

세 명의 심사위원들은 응모작들 대부분이 일정 정도의 성취를 보여 주고 있으나 언어의 날카로움이나 인식의 새로움보다는 식상함이랄까 진부함을 벗어나지 못하는 게 흠이라고 판단하였다. 오랜 습작과 훈련을 했으리라 짐작되는 작품들이 더러 있었지만, 자동화된 표현을 벗어나지 못하고 있는 점이 아쉬웠다. 새로움에 대한 강조가 지나칠 경우 자칫 강박으로 여겨질 수 있겠으나, 익숙함에 균열을 일으키며 기존의 시들과는 차별화된 시를 보고 싶은 것은 비단 심사자들만의 바람은 아닐 것이다.

응모 작품들을 돌려 읽은 후에 심사자들은 「막사발 속 섬에 사는 이에게」, 「물방울의 발설」, 「또 감자를 삶습니다」, 「무덤의 형식」, 「어깨와 엉덩이」, 「섬이 유배를 오다」, 「나의 오이디푸스」를 표제작으로 삼은 7분의 작품들을 논의 대상으로 삼았다. 논의 끝에 「막사발 속 섬에 사는 이에게」, 「물방울의 발설」, 「또 감자를 삶습니다」가 최종적으로 거론되었는데, 「또 감자를 삶습니다」의 경우 응모 작품들의 수준에 편차가 적지 않은 것이 제외의 이유가 되었다.

「막사발 속 섬에 사는 이에게」 외의 작품들은 대상의 이면을 들여다보는 섬세한 시선을 갖추었다. 자칫 지루하거나 평이하게 읽히기 쉬운 산문시의 리듬적 자동성을 감각적 언어를 통해 지연시킴으로써 시를 되읽게끔 하는 힘을 갖춘 것도 미덕으로 평가되었다. 「물방울

의 발설」 외의 작품들은 언어 표현의 활달함과 자유로
운 연상의 힘을 갖춘 점을 좋게 평가하였다. 선정된 두
분께 축하를 드린다.

심사위원: 성춘복, 강희근, 장만호

제7회 김만중문학상 시 부문 수상작품집

금상 · 막사발 속 섬에 사는 이에게 外 6편
은상 · 물방울의 발설 外 6편

초판 1쇄 인쇄일 2016년 10월 21일
초판 1쇄 발행일 2016년 10월 27일

지은이 이병철 · 강태승
저작권자 남해군 · 김만중문학상운영위원회
펴낸이 양옥매
디자인 이수지
교 정 조준경

펴낸곳 도서출판 책과나무
출판등록 제2012-000376
주소 서울특별시 마포구 월드컵북로 44길 37 천지빌딩 3층
대표전화 02.372.1537 **팩스** 02.372.1538
이메일 booknamu2007@naver.com
홈페이지 www.booknamu.com

ISBN 979-11-5776-294-1(03810)

이 도서의 국립중앙도서관 출판시도서목록(CIP)은 서지정보유통지원 시스템
홈페이지(http://seoji.nl.go.kr)와 국가자료공동목록시스템
(http://www.nl.go.kr/kolisnet)에서 이용하실 수 있습니다.
(CIP제어번호 : CIP2016025279)

*저작권법에 의해 보호를 받는 저작물이므로 저자와 출판사의 동의 없이 내용의 일부를
 인용하거나 발췌하는 것을 금합니다.
*파손된 책은 구입처에서 교환해 드립니다.